魔女的祈祷

〔日〕中岛和子 著　　〔日〕秋里信子 绘
林文茜 译

北京联合出版公司
Beijing United Publishing Co.,Ltd.

公园的樟树下有一把长椅子。

除了小鸟和猫偶尔会来这里以外，几乎没人来坐。

"唉……真无聊。"

长椅子打了一个大哈欠。

没错，这把长椅子不是普通的椅子，而是魔女变的。

　　知道这件事的，只有这把长椅子和樟树。

　　魔女上了年纪，法力就会消失。她年轻的时候，能够变成很多东西，但是，变成长椅子是她最后的魔法。

"长椅子，你好！"

昏昏沉沉的长椅子听到这个声音，睁开了眼睛。

"嘎，这不是小萌吗？"

当然，小萌听不到长椅子的声音。

"好久不见，小萌！我以为你忘记我了。"

小萌是之前时常坐在这把长
椅子上的女孩。
　　她坐在长椅子上，说了很多事。
　　变成长椅子的魔女最喜欢那
段时光了。

魔女还把她使用过的魔法扫帚给了小萌。

不过，小萌完全没注意到长椅子是魔女，以及魔法扫帚这些事情。

"快，过来吧！"

小萌一下子就坐在长椅子上。

"嗯，长椅子啊，我妈妈的病全好了！"

"是吗？真的吗？那太好了。"

"她说，她因为吃太多东西变胖了，裙子的纽扣都扣不起来了。"

"哈哈哈！"

长椅子真的好久没笑了。

"笑一笑，身体也暖和了。"

樟树看着这温馨的一幕，轻轻摆起了树枝。

"我的长椅子真温暖，好像被人抱在怀里。"

小萌轻轻地抚摸长椅子。

"啊，我也觉得很温暖哦。"

长椅子幸福地闭上眼睛。

小萌看了看长椅子的四周，说：

　　"树叶掉了满地。我明天来扫落叶吧！"

　　"啊，那就谢谢你喽！"

　　"对了，长椅子……你是小萌的朋友吧……"

　　小萌说完这句话，突然不吱声了。

　　"奇怪，怎么回事？会不会和人吵架了？"

小萌一言不发，只是用力地揉了揉眼睛。

然后，她迅速站了起来。

"再见了，长椅子。我明天会再来的。"

"咦，你要回家了？再来哦。我一定会等你！"

长椅子对着听不到她说话的小萌提高了嗓门。

第二天，小萌跑了过来。她的手里拿着魔女给她的那把魔法扫帚。

小萌拿起扫帚打扫长椅子的周围。

长椅子四周一下子变干净了。

小萌将扫帚靠在樟树上，说：

"这把扫帚刚好可以扫落叶。"

长椅子痴痴地笑了。

"就像你说的，它变得这么破旧，看起来不过是普通的扫帚！"

这时，扫帚微微动了一下。

小萌并没有注意到。她一坐下，便长长地叹了口气。

"唉！"长椅子也跟着叹气。

"果然发生了什么事。"

小萌断断续续地说起来。

她说了最要好的朋友搬家到远方的事。

也说了重新编班之后，不容易交到朋友的事。

还说了被同学欺负，讨厌上学的事……

"但是，没关系。因为有好朋友长椅子在我身边。"

长椅子胸口闷闷的。

"小萌……"

她紧紧搂住小萌，觉得必须做点儿什么。不过，她无法做任何事。

"啊，好想和小萌说话。那样就可以为她打气了，可是我……"

公园里连半个人影都没有。

长椅子仰望着樟树，说：

　　"我不后悔变成椅子。只不过，这种时候什么事也做不了，真令人伤心啊……你能理解我的心情吧？"

　　樟树晃动着枝叶，沙沙作响。

第二天一大早，长椅子被一阵巨大的声响吵醒了。

　　"好吵啊！"

　　当她回过神来时，才感觉到脸被谁踩着。

　　"是谁？好痛！"

　　抬头一看，一个身穿工作服的男人，没有脱鞋就站在她身上。

男人手里握着电锯。

电锯呜呜地吼着，紧紧咬合的锯齿闪闪发亮。

"啊，你打算做什么呀？"

男人踩在长椅子上，一根接一根地将樟树的树枝锯了下来。

　　伴随着电锯呜呜的吼声，树枝咔嚓咔嚓地落在长椅子上。

　　那个声音，听起来像是樟树的呐喊。

　　"住手——快住手——"

"你锯得有点儿多吧。树说不定会枯死。"

　　"别担心。树如果枯死的话，砍掉就好了。公园变宽敞了，不是很好吗？"

　　"说的也是。"

　　工作结束后，两个人便回去了。

趁没人的时候，长椅子战战兢兢地望向樟树。

"啊！你变化好大呀……"

风吹拂时，原先像跳舞般摆动的树枝不见了。

温柔的树荫，还有那些保护小鸟和昆虫的树枝也不在了。

光秃秃的樟树站在那里，看起来很难受。

那天晚上，长椅子第一次听到樟树的哭声。

　　那是一种小小的、小小的声音，不仔细听的话根本听不见。

　　"难道你真的会枯死吗？"

　　长椅子的内心一下子热了起来。

　　"我不能这样下去了！现在正是魔女出场的时候，不是吗？我怎么能悠闲地当一把椅子呢？我可是一个要强的魔女。"

长椅子在心里伸出食指指向
天空，呼噜呼噜地转了三圈——
　　"把我变回魔女！"

然而，魔女仍然是长椅子的模样。

　　食指转了好几次，也没有丝毫改变。

　　长椅子无精打采地垂下肩膀。

　　"我帮不上忙了……对不起。"

　　樟树仿佛听懂了长椅子的话，卖力地摇着所剩不多的树叶。

深夜里，长椅子睁开眼睛。

"对了，还有一个办法。不过，它那副样子……"

长椅子一直盯着倒在一旁的扫帚。

"无论如何，只能试试看了。"
长椅子整晚都在对着月亮祈祷。

第二天，小萌来到公园，看到樟树的模样，大吃一惊。

　　它看起来无精打采的。

　　小萌坐在长椅子上，可是一点儿树荫也没有。

小萌一会儿挪挪位置，一会儿又站起来。

　　她注意到扫帚，便捡了起来。

　　这时，扫帚用力拉了拉小萌。

　　"咦？扫帚好像在动。是我的错觉吗？"

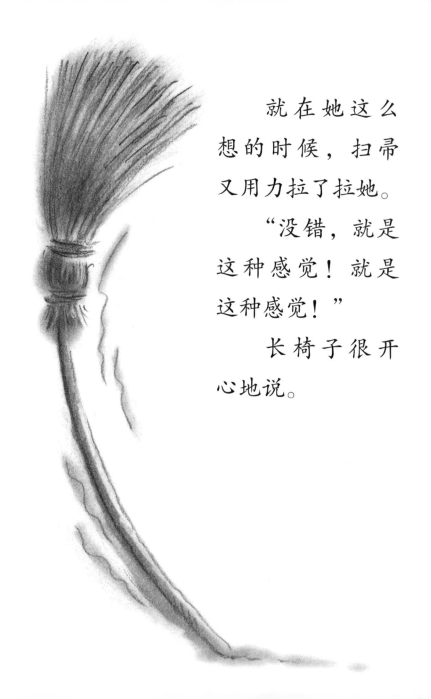

就在她这么想的时候，扫帚又用力拉了拉她。

"没错，就是这种感觉！就是这种感觉！"

长椅子很开心地说。

"啊，这把扫帚怎么回事？"

小萌下意识地丢开扫帚。

"对，就是现在！"

长椅子大喊。

扫帚像是受到了鼓舞，摇摇晃晃地立了起来。

然后，它缓缓地在地上移动起来。

"扫帚站起来了……好像在施魔法……"

扫帚左摇右晃地绕圈圈，看起来像快倒下去似的。

小萌悄悄靠近它。

"它在写东西！"

不过，看不出来那是画，还是字。

小萌很纳闷。

"写得真难看！要再认真一点儿哟。"

被长椅子这么一说，扫帚猛然立正站好。

然后，又开始卖力地写。

"樟树……枯萎……森林……
药……小萌……朋友……"

只有这些词语能够读得懂。

不过，她知道扫帚想告诉她什么。

　　写完最后一个字，扫帚便停住不动。

　　"麻鬼女是什么？是魔女吗？"

　　扫帚点了点头。

　　"难道这是魔女要你转告我的话吗？"

　　扫帚用力地点了点头。

小萌以为自己在做梦，不过——

如果只是普通的扫帚，不可能自己站立起来。还有，只有魔法扫帚才会写字。

"那么，魔女在哪里呢？"

这时，扫帚东倒西歪地跌坐在椅子上。

"咦，难道它在说长椅子就是魔女吗？骗人的吧？"

小萌觉得有一股力量拽着她，让她坐在椅子上。

长椅子紧紧地、紧紧地抱住小萌。

"啊，好温暖……"

小萌感觉自己好像被人抱住了。

一到公园，长椅子总是等待着小萌。

孤单的时候，悲伤的时候，长椅子都会温柔地抱住她。

小萌回想起自己和长椅子在一起的时光，不知道为什么，心里总是暖洋洋的。

"长椅子是我的朋友。怎么会是魔女？"

当她这么自言自语时，恍然大悟。

她再次念着扫帚写的字。

"小萌……朋友……"

说不定——

"要是长椅子真的是魔女，她应该知道我妈妈的烦恼是什么。"

这时，扫帚慢慢站起来，在地上写了"裙子的纽扣"几个字。
　　"哇，太神奇了！这是真的！"小萌脸上绽放出光彩。

长椅子开心地快跳起来了。

"啊，椅子刚刚在动吧？"

"没错！小萌。啊！你终于知道了！小萌……小萌……"

裙子的纽扣

长椅子抱住小萌，闭上双眼，泪水顺着脸颊流了下来。

"真是的，我竟然哭了。"

长椅子害羞地笑了笑。

然后，她紧绷着脸，对扫帚说：

　　"终于到了测试你法力的时候了。你要认真工作哦！"

　　扫帚晃了晃身体，就出现在小萌的眼前。

　　"咦，怎么了？你要做什么？"

扫帚轻轻地指了指地上的字。

"樟树……枯萎……森林……药……小萌……朋友……"

小萌看了看樟树,又看了看地上的字。

"我懂了!你是说去森林拿药,救樟树!"

扫帚开心地跳来跳去。

　　"我可以坐在上面吗？"

　　小萌小心翼翼地骑在扫帚身
上，扫帚摇晃起来。

　　"不要慌张！你可是一把魔法
扫帚呢！"

扫帚一下子绷紧了神经。

小萌紧紧地握住扫帚，心怦怦地跳个不停。

"快，出发吧！"

扫帚轻飘飘地浮到空中，在樟树上面转了一圈，"咻"地飞了出去。它朝着森林，勇往直前。

扫帚应该向前飞，但是它一会儿朝这边摇摇晃晃，一会儿朝那边歪歪扭扭。

"扫帚，你没事吧？请好好飞到森林哦。"

这时，一群乌鸦正在远方吵吵闹闹。

"拜托你了，不要到那边去啊！哇——我明明告诉你，别飞到那边！"

扫帚却像被一股力量拉着一般，闯进了乌鸦群。

"啊——啊——啊——"

"哦，好危险！对了，魔法扫帚不是应该飞得更漂亮吗？"

小萌噘起了嘴。这时——

眼前有棵大树！

"啊，要撞上去了！"

扫帚连忙调整方向，可是它越着急，反而冲得越快了。

"喂！"

小萌为了使扫帚改变方向，用力地扭动身体。

扫帚在最后一刻，"咻"地一下，改变了方向。

"哎，幸好……对了，扫帚，我现在就像魔女，很酷吧？"

小萌开心地挺直腰杆，却不小心从扫帚上滑了下来。

"救命啊——"

小萌像倒栽葱一样冲下去。

“奇怪！”

小萌的身体又轻轻浮了起来。

是扫帚飞快地接住了小萌。

“谢谢你，扫帚！快点儿吧！”

扫帚这次终于勇往直前地飞
向森林。

　　小萌轻飘飘地降落在地上。

　　有一座深邃的森林，在她眼前蔓延开来。

是说在这座森林的某个地方，有治疗樟树的药吗？

"嗯，你觉得往哪边走好呢？"

小萌问扫帚。

扫帚歪着头想了一下，便用力拉着她。

"我知道了。你是说要走这边。"

　　小萌被扫帚拉着，跟
跟跄跄地往前走。
　　扫帚终于在一棵高大
的樟树前停了下来。
　　"哇！好高啊！"

小萌的眼睛瞪得圆滚滚的。她没见过这么高大的樟树。抬头一望,犹如在马戏团的帐篷下。

"它好像是森林之王！"

粗大的树枝上长着茂密的树叶，正不疾不徐地摆动着。

小萌吓了一跳。

"说不定这棵大樟树能告诉我什么。一定是这样！"

小萌对着大樟树提高音量。

"公园里的樟树快要枯萎了。拜托你！请告诉我药在哪里！"

小萌的声音很快就消失在森林里。

无论她如何呐喊，还是被呼啸的大风给盖住了。

小萌把耳朵贴在樟树的树干上，只听到像流水般的"汨汨"声。
"喂，你为什么不跟我说句话呢？"

小萌快要哭出来了。

她抱住树干，认真地跟大樟树说话。

她告诉大樟树，对她来说，公园的长椅子是多么重要的朋友。还有，总是守护长椅子的樟树，是多么重要的一棵树。

"我是为了朋友才来到森林的。我会一直待在这里，直到你告诉我药在哪里！"

　　小萌就这样紧紧地抱住树干，一动也不动。

　　不知过了多久，四周开始逐渐昏暗下来。

　　这时，树干上传来的水声突然变大了。大樟树的叶子沙沙作响，树枝慢慢地向同一个方向伸长。

树枝突然在那里停住不动了，好像在指着什么。

"我知道了，大樟树！"

小萌跑向大樟树所指的地方。

"是水！"

岩石的中间，有个小山泉。水从小山泉底部，汩汩地涌出来。

小萌掬起一捧泉水，泉水清澈透亮，顺着指缝溢了出来。

她又掬了一捧水来喝。

凉爽的风，似乎吹遍她身体的每一个角落。

这汪山泉水，一定就是药。

"我终于找到了！"

不过，怎么才能把这里的泉水运回去呢？她环顾四周，并没有看到能够装水的器皿。

小萌翻了翻裙子的口袋。

但是，什么也没有。

"嗯，该怎么办呢？"

小萌思考着。

她不经意地看了看脚，突然，眼睛一亮。

"扫帚，走，我们出发吧！"

　　小萌将两只鞋子装满水，紧紧地抱在胸前。

　　扫帚铆足了劲儿浮起来，"咻咻"地穿过树丛，一下子飞出了森林。

　　深邃的森林在小萌的脚下绵延开来。

森林的正中央，有一棵樟树王，正在摇晃着粗粗的树枝。

　　"谢谢你！再见！"

　　西方的天空慢慢出现晚霞。

　　"快点儿吧，扫帚！"

　　扫帚使尽全力，如风一般飞翔着。

那天晚上，小萌兴奋极了，根本睡不着。

魔法扫帚正睡得香甜。

"樟树，你没事吧？"

她凝视着浮现在天空中的月亮，总觉得月亮在对自己微笑。

"一定没事！"

这么喃喃自语时，她觉得在学校没有交到朋友，以及被同学欺负等事情，都有办法解决。

这时——

一颗小小的嫩芽，从公园的樟树上慢慢地露出脸来。

长椅子感慨地对樟树说：

"我一直认为变成椅子很不错呢！托您的福，我才能遇到小萌。不过，为什么我这么寂寞……"

长椅子叹了口气。

"啊，只要一次就好，我想和小萌手牵手玩呢！我们要聊很多很多事，一起尽情地笑，有时候也会吵吵架……朋友不就是这样吗？"

长椅子睡着了，四周洒满了银色的月光。

只有樟树看到了这一幕。

图书在版编目（CIP）数据

魔女的祈祷 ／（日）中岛和子著；（日）秋里信子绘；
林文茜译. -- 北京 ：北京联合出版公司，2015.12（2016.7重印）
（启发童话小巴士）
ISBN 978-7-5502-5810-5

Ⅰ．①魔… Ⅱ．①中… ②秋… ③林… Ⅲ．①童话-
日本-现代 Ⅳ．①I313.88

中国版本图书馆CIP数据核字(2015)第168979号

北京市版权局著作权合同登记号：图字01-2015-4742号

MAJO NO INORI

Text copyright © KAZUKO NAKAJIMA 2003
Illustrations copyright © NOBUKO AKISATO 2003
First published in Japan in 2003 under the title
MAJO NO INORI
By KIN-NO-HOSHI SHA Co.,Ltd.
Simplified Chinese translation rights arranged with KIN-NO-HOSHI SHA Co.,Ltd.
through Future View Technology Ltd.
Simplified Chinese translation copyright © 2015 by Beijing Cheerful Century Co., Ltd.
All rights reserved.

魔女的祈祷
（启发童话小巴士）

著：〔日〕中岛和子 绘：〔日〕秋里信子 译：林文茜
选题策划：北京启发世纪图书有限责任公司
台湾麦克股份有限公司
责任编辑：张 萌
特约编辑：杨 晶 贾更坤
特约美编：李今妍

北京联合出版公司出版
（北京市西城区德外大街83号楼9层 100088）
北京盛通印刷股份有限公司印刷 新华书店经销
字数5千字 889毫米×1194毫米 1/32 印张3.25
2015年12月第1版 2016年7月第2次印刷
ISBN 978-7-5502-5810-5
定价：18.80元